我的吸血鬼同學

06
黑翼古堡大營救

創作繪畫·余遠鍠　　　故事文字·陳四月

目錄

迦南

擁有金黃魔力的人類少女。好奇心重，領悟力強，平易近人的她曾被黑暗勢力封印起她的魔力，是九頭蛇想捉拿的人。

安德魯

吸血鬼高材生。外形冷酷，沈默寡言，喜歡閱讀的他想找出失蹤多年的父親，對迦南格外關心。

卡爾

胃口極大的人狼。是學園小食部常客，身材健碩，熱愛跑步，經常遲到的他和安德魯自小已認識。

米露

身手靈活的貓女。像貓兒一樣喜歡捕捉會動的物件，有收集剪報的習慣，熱愛攝影的她夢想成為魔法世界的記者。

美杜莎

蛇髮妖族的後裔。由於這一族的妖魔出了很多危害國家的罪犯，所以美杜莎在學園也被杯葛孤立。她曾嫉妒受歡迎的迦南，但現時二人已成為朋友。

法蘭

魔幻學園的訓導主任。同時是學園舊生的他因為一次事故變成半人半機械的模樣。表面對學生嚴厲其實十分疼愛學生。

四葉

來自東方學園的九尾妖狐少女。活潑好動而且十分熱情的她和卡爾有婚約在身。和迦南一樣，四葉也擁有金黃魔力。

阿諾特

吸血鬼一族的王子，是被寄予厚望的天才。追求力量和榮耀的他自視高人一等，對同樣被視為天才的安德魯抱有敵意。

丹妮絲

精通使用魔導靈的資深公會獵人，更是艾爾文和艾翠絲的師傅。穿梭於人界和魔幻世界執行任務，有「火龍召喚師」的稱號。

約娜

吸血鬼王的女兒，也是阿諾特的親生妹妹。對魔法的天分和興趣甚高，但被阿諾特反對學習魔法。視安德魯為青梅竹馬的哥哥。

安古蘭

安德魯的父親。十年前加入黑魔法派襲擊魔幻學園後一直音訊全無，背負叛徒罪名的他其實內有苦衷。

我的
吸血鬼同學

吸血鬼一族歷史悠久，族群擁有高度智慧，而且擅長使用魔法，在魔幻世界中以貴族自居。他們的領土是華麗的古城，內部結構異常複雜的黑翼古堡。

阿諾特的妹妹，吸血鬼約娜激動地說⋯

阿諾特，你怎能對外界公佈處決父王的！

「這是黑魔法派的決定，我也無能為力。」為了追求力量，復興吸血鬼一族，阿諾特不惜把靈魂出賣給黑魔法派。

「他是我們的親生父親呀！你會背上弒父的罪名，會成為被世人譴責的昏君！」約娜想阻止阿諾特踏上不歸路。

「在這黑翼古堡內無人能對抗依娃，就算依娃不在，海德拉的決定亦不能違背。」阿諾特有如被操控的傀儡，吸血鬼一族實際上已淪為黑魔法派的棋子。

「你口裡說為復興家族，現在我們連自由也被出賣了！難道只要是黑魔法派要你辦的，你就不分青紅皂白，胡作非為嗎？」約娜沒想到從小敬愛的哥哥已變得如此陌生。

「我所做的一切也是為了吸血鬼一族，要是你不肯服從的話，我只能把你也囚禁起來。」阿諾特語帶恐嚇。

阿諾特離開了約娜的房間，留下身體微微顫抖的約娜。

「不能夠讓哥哥繼續錯下去……但又有誰能幫我制止他？」約娜想起那個和她青梅竹馬的男生。

安德魯……你現在身在何方？

　　約娜看著窗邊，祈求安德魯回來她的身邊。

　　約娜並不知道安德魯收到魔法信後，已全速趕回黑翼古堡。同一時間，另外兩個小隊亦已潛入古堡之內，希望可以阻止**悲劇**發生。

　　黑翼古堡一共分為東、南、西、北四個主要城堡和中央廣場，從魔幻學園來到的三位老師正身處於東翼城堡，史提芬、玥華、法蘭正在搜尋囚禁上任吸血鬼王和安德魯母親的地方。

8

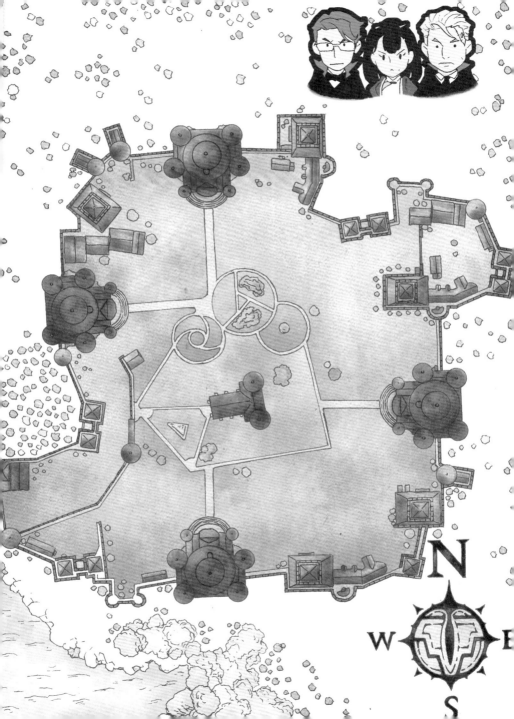

「很久沒再踏足此地了，上一次來黑翼古堡是靠安古蘭帶路的。」迦南的母親，玥華回憶著說。

「距今已超過十年了，安古蘭還是下落不明。」史提芬回答。他們口中的安古蘭，是安德魯的父親，亦是他們的摯友。

「沒有吸血鬼帶領，就算拿著地圖也難以明辨方向。」法蘭深信昔日的友人已成為敵人，安古蘭加入了黑魔法派，更在十年前襲擊學園。

「真令人懷念呢，我們一起上學，一起遊歷魔幻世界的日子。」玥華和這三人曾經組成團隊，拯救活在水深火熱中的平民。

「有什麼好懷念，那人已不再是我們的朋友。」十年前的學園襲擊事件，害法蘭受了致命重傷，變成現在有如科學怪人的模樣。

「像他這種充滿正義感的人，我還是不相信他會背叛我們，助紂為虐。」史提芬說。

曾經，他們四人因為理念相同結成好友，利用他們優秀的魔法力量造福人民，就算會受傷，要與軍隊為敵，他們還是**貫徹如一**，成為人民心目中的英雄。

在戰爭還在王國蔓延的時候，很多小城市和村落被肆意破壞、搶奪，因為居民無力反抗，因為他們不敵強權。

「**特大防禦魔法！**」法蘭全力築起防禦牆，保護城門免被敵軍攻破。

「不能再讓無辜百姓被殺害。」安古蘭展開雙翼，飛向敵軍上方。

「太衝動了……支援魔法！」史提芬來不及追上，只好以魔法提升隊友的戰力。

安古蘭毫不恐懼地在亂箭之間穿梭，只因腦海浮現出一個又一個被**血洗**的城市，他決意不再讓這種事情發生在他眼前。

「**極限暴雷魔法！**」安古蘭高舉魔法杖，暴雷從上而下重創敵軍。

乘著安古蘭做出的優勢，其餘三人也立即乘勝追擊，把敵軍打得節節敗退，最終保護了一個弱小的城市。

「成功了，安古蘭。」史提芬欣喜地說。

「不，外面還有很多受威脅的城市，戰爭一日未完，危機也不會解除。」安古蘭垂下頭說。

「這些士兵一樣有家人，但他們卻被迫踏上戰場，送掉性命⋯⋯這種情況還要持續多久？」就算是敵人，安古蘭也為他們感到痛心。

「唯有由亞瑟一統 **魔幻王國**，才能天下太平。」法蘭等人都支持獅子王亞瑟，認為他是會帶來和平的明君。

後來的日子，隨著這團隊的努力，支持亞瑟的人愈來愈多，魔幻王國終於由亞瑟坐上皇位，結束了漫長的戰爭。而這團隊解散後，四人也為建設美好世界而各奔前程。

　　所以時至今日，史提芬還是無法相信這個**為正義而戰**，充滿同情心的安古蘭會和他們背道而馳，加入不擇手段的黑魔法派。

　　黑翼古堡南翼城堡內，迦南和安德魯已順利潛入，他們一邊避開吸血鬼守衛的目光，一邊悄悄行動。

　　「安德魯，我們正在去什麼地方呢？」迦南輕聲地問。

　　「黑翼古堡結構複雜，我也不知道媽媽被囚禁在哪裡，但**有一個人**可能知道。」安德魯純熟地走過一條又一條長樓梯。

　　「是誰呢？」迦南問。

「阿諾特的妹妹，約娜。」雖然安德魯和阿諾特**勢成水火**，但對他來說約娜有如自己的妹妹一樣。

阿諾特和安德魯比約娜年長幾歲，但因為阿諾特只追求成績和名利，對妹妹一直疏於關顧，反而沒有兄弟姊妹的安德魯，更像約娜的兄長。

「*約娜！*」安德魯推開房門。

「安德魯！我就知道你一定會回來！」約娜上前緊抱安德魯。

「抱歉，我來遲了。」安德魯多年無再踏足黑翼古堡，到今天這裡已變成**危機四伏**的地方。

闊別多年，約娜當然不知道安德魯經歷了什麼。更不知道在安德魯身邊，多了一個關係密切的人類女生。

　　黑翼古堡還未成為黑魔法派的據點之前，算是和平的地方，最大隱患，是吸血鬼一族的勢力逐漸變弱。

　　吸血鬼一族之所以變弱，是源於他們和人界簽訂了不再吸食人類的鮮血、不再把人類變成他們同類的條約。

　　這條約保障了人類，也同時減少了獵人和吸血鬼衝突；但失去人類鮮血的助力，吸血鬼再發揮不到**以一敵百**的超凡力量。

　　來到這時代，吸血鬼一族誕生了兩名百年難得一見的天才——阿諾特和安德魯。他們被寄予厚望，被視為復興種族的關鍵，阿諾特背負著這些期望成長，眼中只有力量；親情和家人，他早已地諸腦後。

「哥哥！可以教我嗎？」看到兄長小小年紀已能熟練地使用魔法，約娜十分仰慕。

「別浪費時間，你和我不同，你只需要學習怎樣成為一個淑女，嫁給父王為你挑選的夫婿就行了。」阿諾特卻不願意跟妹妹親近。

男性妖魔走上戰場，女性妖魔照顧家庭，這是久遠的傳統，但隨著時代變遷，只要是有能力的女性妖魔，就一樣有資格走上最前線，像人魚皇后愛瑪，精靈族長艾蜜莉，雖然是女兒之身，卻是一方的最高領導人。

「怎麼了？有什麼不明白嗎？」安德魯看出約娜的天份，所以不時會偷偷給予幫助。

約娜沒有使用繡花針的天份，但她舞動魔法杖的本領卻比很多男性高。可惜她的父王眼中只有阿諾特，那奮力拋離所有人的阿諾特。

「安德魯哥哥，為什麼我哥哥和你關係這麼差？」阿諾特多次叮嚀約娜遠離安德魯，約娜好奇地問。

「你哥哥天生就對所有人也看不過眼，你不用在意。」安德魯沒有和阿諾特競爭的意思。

「既然不用在意他，那我長大後可以當你的**妻子**嗎？」年紀小小的約娜喜歡上這親切的大哥哥。

「不可以，你哥哥會殺了我的。」安德魯只當她在開玩笑。

但**一場意外**，令安德魯和阿諾特的關係變得更惡劣，令安德魯和約娜難以再見面。

「約娜！」阿諾特緊抱背部受到嚴重燒傷的約娜。

「*對不起……是我的過失。*」安德魯指導約娜繪畫魔法陣，但他們不小心觸及了難以應付的高級魔法。

失控的火焰在約娜背部留下了 **永不磨滅** 的痕跡。

「不要怪責安德魯哥哥……是我請求他教導我的。」約娜沒有因此遷怒於安德魯。

「**我早就說過你不應該拿魔法杖！我早叫過你遠離安德魯！但你偏不聽我的說話……到底我是你的哥哥，還是安德魯是你的哥哥？**」

阿諾特一直想妹妹遠離魔法，其實是一種關心，因為他不想妹妹受傷，不想妹妹過著和他一樣的日子——為復興家族，沒有退路的日子。

別再接近我的妹妹，
否則我不會對你客氣。

這事件發生之後，阿諾特也很少再見到安德魯，因為對於約娜的背傷，安德魯也無比內疚。

但今天，安德魯再次回到黑翼古堡，再次來到約娜的面前。

「安德魯！一定要阻止哥哥！不只我父王，你的媽媽也在**行刑名單**上！」約娜抱著安德魯說。

「我知道，他們被囚禁在哪裡？」安德魯

安慰著說。

　　「哥哥不肯告訴我，我只知道行刑地點在中央廣場。」約娜含著淚說。

　　「這裡是南翼城堡，我們先搜尋清楚這裡再算吧。」安德魯輕輕拭去她的眼淚。

　　「但是……這女生是誰？難道是人類？」約娜展開雙翼提高警覺。

　　「別擔心，她是我最重要的朋友。」安德魯說。「你好……我的名字叫迦南。」迦南試著伸出**友誼之手**。

　　「這丫頭……還是像個**小孩子**一樣呢。」看到約娜躲到自己身後，安德魯不禁笑了起來。

　　「我們把握時間，盡快找出囚禁地點吧。」雖然這個和安德魯十分親近的女生讓迦南很在意，但她還是決定先把集中力放在拯救任務之上。

如是者，迦南、安德魯和約娜一行三人開始地毯式搜尋南翼城堡，而在另一邊廂的西翼城堡，來自人界的公會獵人也正順利地展開搜尋。

　　吸血鬼獵人艾爾文和艾翠絲離開公會後再次接受職業獵人的鍛煉，但他們想不到這麼快又要和吸血鬼扯上關係。

　　「艾翠絲，隱形藥水的藥力還能維持多久？」艾爾文**昂首闊步**，因為吸血鬼守衛都看不見他。

　　「大概半小時吧，哥哥你說話輕聲點，這藥水隱藏不了聲音的。」艾翠絲在艾爾文耳邊說。

　　脫下侍應制服，換上了職業獵人服裝的艾爾文和艾翠絲顯得**成熟穩重**，但論資排輩，他們身後的女性獵人才方算獵人專家。

「雖然艾翠絲是妹妹，但卻比哥哥更穩重呢。」兩人的師傅，手執長鞭的丹妮絲說。

「這一定是你的錯覺。」艾爾文說。

「既不會煮飯，又不會洗衣服，家務全都由我一手包辦，哥哥你的確不太可靠。」就連隱形藥水也是由艾翠絲調配的。

「記著，除了降低聲線外還要隱藏起魔力，這裡是吸血鬼的大本營，敵人的數目難以估算。」丹妮絲叮嚀著說。

「如果只有吸血鬼還好對付，但我感覺到一股陌生而強大的魔力，遠比我遇過的吸血鬼強勁得多。」艾爾文小心翼翼。

「恐怕是黑魔法派派來的幹部，這裡的真正領導人已經不是吸血鬼了。」經驗豐富的丹妮絲也察覺到籠罩這古堡的詭異力量。

北翼城堡之內，新吸血鬼王阿諾特和不死族妖魔依娃正站在樓頂俯視著。

　　「看來有幾隻小老鼠偷偷混進了古堡呢。」依娃已察覺有入侵者進入古堡。

　　「這裡是吸血鬼的大本營，區區幾個入侵者不足為患。」阿諾特表現得不在意。

　　「身為王者卻一點警覺性也沒有，阿諾特你還是太幼嫩了。」雖然外表像個小女孩，但不死族的依娃活過比阿諾特多出幾倍的歲月。

　　「就由我的寵物找找看吧，那些大膽的小老鼠到底在哪裡呢？」依娃釋放出強大的魔力，由白骨組成的飛龍展翅高飛。

　　「浮士德家族，你們也協助依娃去捉拿入侵者吧。」阿諾特一聲令下，身後的五名吸血鬼也立即行動。

浮士德家族是歷史悠久的吸血鬼家族，他們**世世代代**也侍奉吸血鬼王室，有如親衛隊，他們一行五人都攜帶著樂器，但他們所演奏的不是柔和的樂曲，而是帶來死亡的樂章。

第三章
馭龍法師

城堡內的樓梯**錯綜複雜**，每個樓層又有多個房間，迦南和安德魯跟隨著約娜找遍了南翼城堡也一無所獲。

「怎麼辦好？要在不驚動吸血鬼守衛下搜尋，花費的時間會很長。」迦南擔心趕不及救出安德魯的母親。

「哥哥把一切也交由依娃全權負責，唯今之計我們只能逐個城堡去找尋。」約娜說。

「依娃……我在狼牙山谷遇見過她。」迦南回想起當時的畫面不禁抖顫起來。

明明擁有壓倒性的魔力，但當日依娃沒有向迦南出手，因為對依娃來說，捉拿迦南有如探囊取物。

「不用害怕，只要不被發現就行了。」安德魯輕拍迦南的肩膀說。

「那就趕快行動吧。」約娜加緊腳步，結束了南翼城堡的搜尋後，三人正向中央廣場邁步，他們的下一個目標是西翼城堡。

但他們並不知道，來自人界的獵人小隊，剛巧完成了西翼城堡的搜尋工作。

艾爾文、艾翠絲和丹妮絲找遍了西翼城堡，雖然他們不熟悉路況，但靠著隱形藥水的協助，他們成功**掩人耳目**，避開不必要的戰鬥。

「藥效快過了，我們還要多久才能找到目標人物？」艾爾文不耐煩地說。

「行刑之日是今夜凌晨，我們還餘下不足十二小時。」艾翠絲邊翻找備用的隱形藥水邊說。

「啊！那幾個孩子是？」丹妮絲看到遠方

正有幾個人在中央廣場**鬼鬼祟祟**地走動。

「是安德魯和迦南呢。」艾爾文和艾翠絲上前想和友人相認。但他們忘記了身上的**隱形藥水**還未失效。

「**有敵人在接近。**」安德魯感覺到有魔法的氣息，但視線範圍卻空無一人。

約娜和迦南也提高戒備，怎料安德魯突然向前揮爪。

「為什麼突然向我攻擊？你忘了我是誰嗎？」艾爾文拔劍迎擋。

「廢話少講！你這藏頭露尾的傢伙速速現形！」安德魯認為自己有責任保護身後的女生，一有風吹草動便**劍拔弩張**。

「哥哥！他看不見我們呀！」艾翠絲洞察到真相。

「他是瞎子嗎？這傢伙八成對我懷恨在心，因為他上次敵不過我們獵人兄妹！」艾爾文揮劍反擊，但安德魯憑空氣的流動避過這凌厲的一劍。

「上次？獵人兄妹？安德魯快住手！他們是艾爾文和艾翠絲呀！」迦南終於認出這兩個隱形的援軍。

「**靜止魔法**！全部給我停下來！」約娜使出的魔法讓安德魯和獵人兄妹也動彈不得，然後害怕陌生人的她，又再躲到安德魯身後。

「這小女孩不簡單呢，幸會，我是這對笨蛋兄妹的師傅，丹妮絲。」

能一次過讓三人靜止下來並非易事，丹妮絲十分欣賞約娜。

而隱形藥水的效力終於散退，艾爾文和艾翠絲顯現在眾人面前。

「哪有師傅叫自己的徒弟**笨蛋**的？」艾爾文說。

「連用魔法**解除藥水**的效力也不會，難道不是笨蛋嗎？」丹妮絲再為兩人解除靜止魔法。

「很久不見了呢，獵人。」安德魯微笑著說。

「身手比以前更好了呢，吸血鬼。」吸血鬼和吸血鬼獵人再次相遇，但這次他們不再是敵人，而是有共同目標的**戰友**。

「你們也是來拯救被囚禁的人嗎？」有援軍出現，迦南感到十分安心。

但安心的時間持續不了多久，巨大的白骨飛龍從天而降，安德魯他們的舉動驚動了依娃的寵物。

　　白骨飛龍高聲吶喊，震耳欲聾的聲響有如警報響起，通報吸血鬼守衛入侵者出現。

　　更多吸血鬼逐步飛向中央廣場，白骨飛龍的魔爪亦已伸向入侵者們。

　　「形勢不妙了，我們不可能同一時間應付這麼多吸血鬼的。」丹妮絲站在前線揮鞭擋開龍爪。其餘的年輕人們也奮力以魔法迎戰吸血鬼守衛，而敵方的頭目也現身中央廣場。

　　「我就猜到一定會有人不知死活，想來拯救囚犯，但數量卻比我想像中少呢！」依娃降落在白骨飛龍頭上，點算廣場內的入侵者。

「啊！這女孩不是金黃魔力持有者，迦南嗎？我不去找你，你卻**送羊入虎口**？」依娃驚訝地說。只要把迦南交給九頭蛇海德拉，她就會得到豐厚的獎賞。

「聽著，你們的任務是找出囚禁地點，保護好自己，避免不必要的戰鬥。」丹妮絲向後投擲出多個玻璃球，玻璃球墜地碎裂後釋放出濃煙。那是載有轉移魔法的魔法道具，丹妮絲不想他們冒生命危險，決定隻身抵擋敵人。

「這樣也拖延不到多少時間的，待我解決你之後，就輪到那班孩子。」白骨飛龍拍翼吹散濃煙，依娃眼前只餘下丹妮絲一人。

「你太小看公會獵人了，還有那班孩子，他們都是**不容小覷**的生力軍。」丹妮絲換上認真的表情，面對數以十計的敵人也毫不畏懼。

丹妮絲施展出真正本領，三條和成人差不多高的魔法火龍正盤旋在她身邊。

「原來是擅長使用『**魔導靈**』的獵人嗎？」依娃的白骨飛龍是以魔力操控白骨組成的死物，而丹妮絲使用的魔導靈，是以魔力創造的生物。

「**上吧！孩子們！**」丹妮絲揮鞭，三條火龍立即向前噴出火焰。

中央廣場內丹妮絲被重重包圍，其他吸血鬼得知入侵者出現全軍出動，一直在東翼城堡秘密行動的三位老師終於被發現。

「中央廣場內發生什麼事了？吸血鬼守衛都**蜂擁而至**。」史提芬拿出魔法杖，吸血鬼們包圍了在長樓梯中的他們。

「是丹妮絲，我在公會認識的獵人，看來她也接到委託前來拯救被囚禁的人。」玥華從

窗外望到丹妮絲被圍困的場面。

「但她驚動了敵人，看來我們不能靜悄悄地**完成任務**了。」法蘭伸長他兩手的鐵鏈，鐵鏈交織成保護他們的鐵網。

「**雷鳴召來！**」玥華把黃色符咒貼在鐵鏈上，雷電傳遍整個鐵網，把接近的吸血鬼電得暈眩倒地。

「不只丹妮絲，我好像還看到迦南和安德魯的身影。」玥華接著說。

「我不是千叮萬囑叫他們不要亂來嗎?」法蘭頭痛地說。

　　「迦南被抓住的話後果便**不堪設想**,我們要盡快和他們會合了。」史提芬以魔法變出特大橡皮球包圍三人。

　　橡皮球順著樓梯高速向下滾動,遠離吸血鬼守衛的包圍,但還未到達東翼城堡的出口,無形的攻擊已襲擊向他們。

　　長笛和單簧管的聲音,正把他們引領向無盡的夢境。

第四章
夢

北翼城堡之內，安德魯和艾爾文被丹妮絲的轉移魔法傳送到此地。

「其他人呢？」安德魯**心急如焚**，迦南和約娜也不在他身邊。

「是師傅的轉移魔法，她刻意安排我們分散行動。」雖然擔心妹妹的去向，但艾爾文表現得十分冷靜。

「我要去找迦南和約娜。」安德魯想尋找同行伙伴，但卻被艾爾文攔住。

「不，我們有**更迫切**的事情要辦。」艾爾文沒有忘記自己有任務在身。

「你不擔心你的妹妹嗎？她可能已被敵人抓住了！」安德魯最害怕的，是他的魯莽行事害迦南身陷險境。

　　「擔心，但我更相信她有保護自己的能力，
而且迦南也一樣，身懷金黃魔力的她並不是要
人**處處保護**的弱者。」曾和迦南交手的艾
爾文眼神堅定無比。

　　「我們現在最重要的事情是找出囚禁地

點，你的母親也身處在那裡。」艾爾文的說話令安德魯逐漸冷靜下來。

「但你的師傅她被**重重包圍**著……」安德魯望向中央廣場，丹妮絲正被圍困。

「不用擔心，她可是個能馴服火龍的專業獵人。」艾爾文開始搜尋北翼城堡，要完成任務他們必須**爭分奪秒**。

「迦南……我很快便會來找你，等我。」安德魯也知道事態嚴重，吸血鬼的戒備一定會有所提高。

另一邊廂，迦南、約娜和艾翠絲被傳送到一個環境昏暗的地方，在她們還未搞清楚自己身在何處之前，優雅的弦樂合奏曲已傳到她們的耳中。

小提琴、中提琴和大提琴合奏出的樂章，帶領她們進入深深的夢境。

「這裡是？」迦南睜開眼睛，發現自己身處在廚房之中。

柔和的燈光，人界房屋的格局，這裡和她在人間的家十分相似，她的面前正煮著熱騰騰的湯，她的身上還穿著圍裙。

「我回來了。」大門被打開，迦南立即走出廚房。

而映入她眼簾的是身材變得更高大，外貌顯得更成熟的安德魯，安德魯正脫下黑色西裝，雖然疲倦仍然面帶笑容。

「味道很香呢，正在準備晚飯嗎？」安德魯二話不說就輕抱著迦南。

「啊⋯⋯安⋯⋯安德魯？」

迦南一臉茫然，面前的男人像是長大後的安德魯。

「爸爸！爸爸下班回來了啦！」一名年約五歲的吸血鬼小男生飛撲向安德魯和迦南。

「爸爸？」迦南驚訝地推開安德魯。

「媽媽，你怎麼啦？」小男孩疑惑地問。

「媽媽？你在叫我嗎？」迦南顯得更加震驚。

「媽媽！廚房傳出燒焦的味道了啦！」

另一個吸血鬼小女孩走到迦南身後說。

「我是你們的媽媽？」迦南望向牆上掛著整齊排列的相架，一幅又一幅他們四人的合照記錄了一段她不曾經歷過的時光。

浮士德家族的成員全都擅長以注滿魔力的音樂把人帶入夢境，<u>墮入美夢</u>的人們大多數難以靠自己的意志力醒來。

因為能逃離現實苦困的地方，就只有每個人心底裡嚮往著的美夢。

美夢，讓人沉醉不願醒。

同一時間，艾翠絲也一樣被音樂帶進美夢

之中，每人對美夢的定義也各有不同，迦南的美夢是對未來家庭生活的憧憬，但對艾翠絲來說，她的美夢卻不是未來，而是**過去**。

「妹妹！快醒來！爸爸快回來了！」小小的艾爾文喚醒了艾翠絲。

「哥哥？你怎麼變小了？」艾翠絲還未知道自己墮入了夢鄉。

「你在亂說什麼呀？你個子還不是和我一樣小。」艾爾文捏著她的臉蛋說。

「吓？」艾翠絲環視四周，她身處的地方是**兒時的家**。

「我先把電燈關掉，你快把雪櫃裡的蛋糕拿出來。」艾爾文說。

「蛋糕？」艾翠絲聽命去打開雪櫃，內裡的蛋糕她並不陌生。

這是多年前她和艾爾文辛辛苦苦把多個月的零用錢儲起來，為父親準備的生日蛋糕。

「孩子們，我回來了！」他們的父親艾力克結束狩獵任務後回到家中。

「爸爸！生日快樂！」

艾爾文和艾翠絲捧著蛋糕對父親說。

「唉喲！你們竟然記得我的生日，還準備了這麼漂亮的大蛋糕啊！」笑逐顏開的艾力克抱起了他們。

「爸爸！將來我成為了獵人，一定會買一個更大更漂亮的蛋糕送給你。」艾爾文笑著說。

「爸爸……」但艾翠絲笑不出來，她緊緊地抱住父親，眼淚傾瀉而下。

因為在現實世界中，她的父親已過身了。

「艾翠絲？你怎麼啦？身體不舒服嗎？」艾力克問。

「爸爸……我很想你。」這是艾翠絲曾經歷的晚上，而這一晚，亦是她失去父親的日子。

迦南和艾翠絲的意識還在夢境之中，她們的肉身正呆站在昏暗的地方，丹妮絲的傳送魔法把她們傳送到了吸血鬼一族的**秘密地點**，中央廣場下的地下城。

「不愧是流著吸血鬼王室血脈的人，約娜你並沒有受我們的魔法音樂影響。」奏出魔法音樂令迦南和艾翠絲墮入夢鄉的，是浮士德三姐妹。

「父王待你們家族不薄，你們卻聯同哥哥背叛了他……」約娜以魔力抗衡音樂的影響。

「**良禽擇木而棲**，阿諾特陛下才是適合領導吸血鬼一族的人，你還是回去自己的房間，別再與陛下為敵了。」浮士德三姐妹中，演奏大提琴的大姐說。

「不……我不能讓哥哥成為弒父的罪人，還有安德魯的媽媽，我不能看著她被處決。」約娜的力量不夠**以一敵三**，她握著迦南和艾翠絲的手，試圖破解這三姐妹的技法。

而被魔法音樂帶入夢鄉的，除了迦南和艾翠絲外，還有身處東翼城堡的三人。

　　中央廣場之內，駕馭著三條火焰飛龍的丹妮絲**一夫當關**，迎戰多名吸血鬼，受火焰保護的她並沒有被吸血鬼們壓倒，反而令吸血鬼們難以接近。

　　「難怪你有膽量潛入此地救人，以人類魔法師來說，你已算很厲害了。」活了幾百年的依娃也不得不表示讚賞，能同一時間操控三個魔導靈的人類少之又少。

　　「吸血鬼王到底被囚禁在哪裡？不坦白招供的話，別怪我燒毀這古堡。」丹妮絲長鞭一揮，**三條飛龍**噴出更猛烈的火焰。

　　「很可惜，火焰對不死族來說，只是小菜一碟。」站在白骨飛龍之上的依娃無視熊熊烈火，散發詭異綠光的白骨飛龍也沒有被燃燒起

來。

　「既然你這麼想知道囚禁地點，我便把你和他們關在一起，然後一起送去行刑吧。」白骨飛龍的大爪把丹妮絲壓倒在地上。

　最終丹妮絲被白骨封鎖住手腳，然後由吸血鬼守衛押送到囚禁地點。

　東翼城堡之內，史提芬、玥華和法蘭也受魔法音樂影響而墮入夢境之中，但他們並不是做著獨立的夢，而是三人一起被困在同一夢境中。

「我們應該身處古堡才對……」史提芬眼前是一片翠綠的大草原。

「難道我們被施展了幻術嗎？」玥華感受到微風吹過，青草的香味也如幻似真。

「我的身體……康復過來了。」法蘭看著自己的手臂，機械部份全部都消失了，變回人類的血肉。

「又說一起到郊外露營燒烤，但你們這些大人卻只顧著發呆，快點過來幫忙呀！」迦南向三人揮手叫喊。

「迦南？」玥華疑惑地問，然後三人一起步向迦南所在的位置。

卡爾和安德魯正在搭起帳篷，卡爾的弟弟妹妹正在東奔西走，卡隆把乾柴加到營火中，就像活在天下太平的世界中，他們不再需要戰鬥，只需享受眼前和諧快樂的時光。

大家也聚集在一起⋯⋯

史提芬也被眼前的景象迷惑了。

「我肚子餓了⋯⋯」還未
已停下手腳。

搭帳篷的方法錯了，看來學園
應該增添這方面的教育呢。

法蘭笑著上前幫忙。

法蘭能感受到被太陽照射
的溫暖，這是他失去已久的感
覺。

大家也和孩子們聚在一起，這畫
面和我期待已久的一模一樣。

玥華感動地說。

「嗯……如果他們也在就好了。」史提芬
看著安德魯，想念著他的父母。

而這時候，一把熟悉的聲線從後方傳來。

人齊了嗎？我帶了
上好的紅酒來呢。

消失多年的安古蘭，
終於出現在他們面前。

「孩子們還未成年的，你別讓他們喝酒呀！」外表高貴優雅的安潔莉娜挽著安古蘭說。

　　「爸爸！媽媽！」安德魯露出燦爛的笑容，這笑容史提芬他們已很久無看見過。

因為安古蘭的失蹤，因為安潔莉娜的消沉，身為兒子的安德魯從此失去了這笑容，但失去的東西，如今卻能在夢境重拾。

「大家⋯⋯也齊集在一起。」玥華感動落淚。

「真的有如美夢成真。」史提芬搭著玥華肩膀說。

他們三人的夢境，是夢幻般的團聚，此情此景在現實中可能已沒有機會發生，所以他們更難以醒來，更難以捨棄這場美夢。

北翼城堡之內，安德魯和艾爾文一邊擊退吸血鬼守衛一邊搜尋囚禁地點。

「魔導靈！傲雪冰馬！」艾爾文跟隨丹妮絲後學會了使用魔導靈，騎著白馬的他勢如破竹。

「上級雷電魔法！落雷三連發！」

熟習了魔法書的應用，安德魯的實力也有所提升，加上密集的體能訓練，吸血鬼守衛已不是他的對手。

但在北翼城堡之內，還有一名**實力不凡**的吸血鬼鎮守。

黑色的火焰阻擋了兩人的去路，安德魯和艾爾文被迫停下腳步，因為眼前的敵人散發著強烈的魔力。

「阿諾特……」黑魔法的力量強大得令安德魯**手心冒汗**，他很清楚阿諾特已今非昔比。

「我就知道你一定會回來，安德魯。」阿諾特的神情，流露著一點點悲傷。

「收手吧，別一錯再錯。」安德魯握緊魔法杖，他很清楚言語是無法制止阿諾特。

「想我收手，唯有把我擊敗，但你們有這種實力嗎？」**黑色的火焰**圍繞著阿諾特，他的身旁亦飄浮著黑色的魔法書。

使用魔法書不是迦南和安德魯的專利，學會了黑魔法的阿諾特同樣擁有自己專屬的魔法書。

「看來你們有點**私人恩怨**呢，但我們正在趕時間，一起上吧！」艾爾文快馬加鞭，以手中銀劍刺向阿諾特。

「霧化。」阿諾特避過了艾爾文的劍，利爪直揮向安德魯。

接受過多番特訓的安德魯不再害怕近身搏擊，和阿諾特拳腳交鋒也未處於劣勢。

但就算合二人之力，阿諾特還是**遊刃有餘**，他已不再是在霧林被安德魯擊敗的吸血鬼王子，而是散發黑魔法力量的吸血鬼王。

「聖水長鞭！」艾爾文以長鞭綁著阿諾特的右手。

「上級火焰魔法！」安德魯立即趁機進攻。

但黑火焰有如**巨盾**，火焰無法擊中阿諾特的身體更反被吞噬。

「你不是有很多針對吸血鬼的法寶嗎？快拿出來吧！」攻擊無法奏效，安德魯苦惱地問。

「我已不再針對吸血鬼了……而且這傢伙根本不受影響……」浸泡過聖水的長鞭也被黑火焰燒毀，艾爾文只好另想對策。

「當日擊敗我的招式呢？使出來吧，安德魯。」阿諾特遠勝從前，但卻沒有了昔日的激動。

「**特大暴雷魔法！**」安德魯翻開魔法書的尾頁，這是他現時能駕馭的最強力魔法。

「極限黑炎魔法。」阿諾特揚手一揮，黑火焰如長蛇般包圍著他，雷電無法穿過黑火焰，長蛇更張開大口噬向安德魯。

「艾爾文！」安德魯來不及閃避，但艾爾文捨身擋下了猛攻。

就當還我欠你的人情吧……別發呆！趁機反擊吧！

對於過去曾錯誤追捕安德魯一事，艾爾文一直耿耿於懷，負傷不輕的艾爾文把銀劍交給安德魯。

「冰馬！冰封住他！」艾爾文一聲令下，冰馬立即跑向阿諾特，變成冰封魔法。

冰封一度令阿諾特無法動彈，安德魯趁機會補上一劍，希望一口氣消滅阿諾特。

「安德魯。」銀劍刺中了阿諾特的肩膀，但阿諾特沒有露出痛苦的表情。

鮮血從阿諾特肩膀流下，但他的魔力還深不見底。

「人質被關在地下城底層。」阿諾特把安德魯推開，再把銀劍從傷口拔出。

　　「為何告訴我們？」安德魯不理解，阿諾特很明顯還有餘力作戰。

要是阿諾特**狠下心腸**，他絕對有能力把安德魯和艾爾文殺死，但阿諾特已沒有戰意，入侵者的出現或許是他一直期待的事。

「帶他們離開吧，還有約娜……也一併帶走。」阿諾特說罷便轉身離去。

阿諾特背負著吸血鬼未來興衰的重任，他可以為往上游而**不顧一切**，但他還是不想犧牲自己的父親和妹妹，因為血濃於水，他情願自己被世人唾棄，也不想看著血親身首異處。

黑翼古堡的地下城底層正是囚禁地點，不服從黑魔法派的吸血鬼都會被囚禁在此，包括**年事已高**的吸血鬼王和安德魯的母親安潔莉娜。

自從丈夫安古蘭加入黑魔法派並不知所終後，安潔莉娜便有如**行屍走肉**，她把自己關在房間，拒絕接收外界訊息，因她害怕有一天會收到安古蘭的死訊。

就算是作為妻子的她，也不知道為何安古蘭會突然墮入魔道，她只知道本來幸福美滿的生活，因為黑魔法派而消失。

「唉呀，既然我的雙手也被鎖住了，你們就不能輕手一點嗎？」專業獵人丹妮絲被推倒入地下城底層的囚室。

「你就乖乖留在這裡等待行刑吧！」吸血鬼守衛鎖上鐵牢，這裡囚禁了十多名不屈服於黑魔法派的吸血鬼。

而包括**老吸血鬼王**阿杜恩在內，在場所有被囚禁的吸血鬼的雙手也被鎖起，令他們無法畫出魔法陣使用魔法。

「人類獵人啊，想必你是受委託來拯救我們，但現在連你也成為**階下囚**了。」希望變成了失望，老吸血鬼王阿杜恩嘆口氣說。

「阿杜恩陛下，現在放棄希望還太早了，而且前來拯救大家的人不止我一個。」丹妮絲雖然被鎖住雙手，但一切還在她意料之內。

「就算有再多援軍馳援，也改變不了結局，反正我也不想再活下去了，就**隨遇而安**吧。」安潔莉娜失去了丈夫後也失去了生存意志。

「但前來拯救大家的，還包括你的兒子，安德魯。」丹妮絲的長袍下，飄出三條小小的**火焰飛龍**。

「孩子們，去告訴大家我的所在位置吧。」丹妮絲是刻意被捉拿的，因為只有以身犯險，才能找出囚禁地點。

「安德魯？他還只是個學生，為什麼參與這麼危險的事？」安潔莉娜激動地問。

「孩子的成長是很快速的，在你不關注他的時間裡，他已成為獨當一面的吸血鬼，而就算身為母親的你不再看顧他，他也不會看著母親被處決也無動於衷。」三條小飛龍穿過鐵牢分散行動，準備引領三路援軍來地下城底層。

迦南的夢境之中，她從少女變成了安德魯的妻子，還育有一子一女，雖然在那麼陌生的環境，她卻感到**親切和真實**，彷彿不用再擔心被黑魔法襲擊，彷彿不用害怕魔法世界會末日，她們一家四口吃過了晚飯後，迦南正哄著孩子進睡。

「媽媽，我們要聽故事！」小男孩在書架上取出了故事書。

「媽媽唸故事的聲線是最**動聽**的！」小女孩用可愛的聲線向迦南撒嬌。

「好吧，聽完過後要乖乖進睡呀。」迦南翻開故事書，這麼溫馨的日子令她忘記了現實。

孩子們聽過故事後都**紛紛入睡**，迦南為他們蓋上了被子，看著他們的臉龐微笑著。

「既然孩子都睡了，我們不如去做久違了的那件事吧？」站在房外的安德魯向迦南伸手。

「久違了的什麼事？」一臉茫然的迦南牽起安德魯的手。

「夜間的**飛行約會**。」像他們邂逅的那晚上，安德魯抱起了迦南，在月亮之下展翅高飛。

人界的夜景燈光燦爛，迦南和安德魯持續在夜空飛行，享受吹過的晚風，享受和樂的時光，就算這是夢境，也真實得足以令人沉醉。

「真寧靜⋯⋯」迦南和安德魯降落在山頂上，俯瞰山下美景。

「這樣和平的日子不是很好嗎？」安德魯微笑著說。

「魔界樹⋯⋯最後怎麼了？」但迦南還是沒有忘記她在現實裡最擔心的事。

「一切安好。」安德魯保持著微笑，說著話卻不帶一點感情。

「那你的媽媽呢？」還有她本來最迫切的危機。

「一切安好，所有人也過得很幸福，很快樂。」安德魯還是帶著微笑，但卻讓迦南感到不安。

「只要你留在這裡，你也會一樣幸福快樂，

這裡有我還有孩子們陪著你，過著**無憂無慮**的生活。」安德魯所說的，的確是迦南憧憬的生活。這份安逸，是迦南在現實生活裡難以擁有的東西，因為她是金黃魔力的持有者，是拯救魔界樹的關鍵。

但夢裡的迦南，卻隱隱然覺得有些**不妥**。

同樣被夢境迷惑的艾翠絲，正身處對她十分重要的一個晚上。這晚上，他的父親艾力克會受到吸血鬼襲擊，被變成他最討厭的吸血鬼；然後艾爾文會被迫用銀劍刺穿父親的心臟，把他從吸血的魔咒中解放出來。

但回到過去的夢境，讓艾翠絲有機會改變這**悲劇**。「應該差不多是時候出現了，那個來報復的吸血鬼會趁著爸爸關燈的瞬間破門而入。」小小的艾翠絲偷偷拿了父親的一雙手槍，潛伏在沙發後。

而事情就和艾翠絲的記憶一樣，當燈光熄滅之際，大門隨即被吸血鬼撞破。

　　「殺害我無數同胞的獵人啊，我要你嘗試一下變成吸血鬼的滋味。」吸血鬼撲倒了艾力克，他的利齒快要咬在艾力克的脖子上。

　　「可惡……」武器不在身邊的艾力克沒有還手之力。

　　「是時候了！哥哥！」艾翠絲跑到吸血鬼身後連開數槍，銀彈確切擊中了吸血鬼的身軀。

　　「混帳吸血鬼給我消失吧！」艾爾文把銀製匕首刺在吸血鬼的心臟，合二人之力把悲劇改寫。「成功了！」吸血鬼化為灰燼，艾翠絲歡喜地抱住父親。

　　失去父親之後，他們二人一直活在仇恨之中，把所有心力和時間用在向吸血鬼報復之上，他們相依為命，他們和其他同齡孩子不一樣，他們的玩具是獵人的武器。

「我們三人可以繼續一起生活，太好了！」
但隨著父親得救，他們的命運也得以改寫，這
令艾翠絲喜極而泣。

　　能在父親還活著的世界生活下去，是艾翠
絲夢寐以求的事，也是現實中不可能發生
的事，這理由足夠讓她忘記現實，繼續在美夢
中沈睡下去。

第七章

夢醒時份（上）

受浮士德家族的魔法音樂影響，來拯救被囚人士的小隊也深深之中，而他們所做的夢境是特別針對人的慾望而設，所以就算是來自魔幻學園的老師們也難以靠個人意志脫出。

夢境既能讓死去的人復生，讓失蹤多時的好友再現更是易如反掌，安古蘭再次出現讓史提芬、玥華和法蘭感慨萬千。

「為何眼定定看著我啦？」安古蘭微笑著說。

「沒什麼……就是感覺很神奇罷了。」在史提芬的現實世界裡，安古蘭一直生死未卜。

「是因為你總是不說一聲就去了**遠行**，嚇得大家一直在擔心。」安潔莉娜也比現實中神采飛揚。

「遠行？」玥華問。

「嗯，就是在魔幻世界裡遊歷，像以前我們組成小隊時那樣。」安古蘭說。

「一去便去了**十年**，而且一封魔法信也不寫給我們嗎？」法蘭斥責著說。

「以後不會了，往後我也會陪著安潔莉娜和安德魯，還有你們。」安古蘭保持著微笑。

「這樣的日子，真美好。」法蘭看著自己不是機械的肉手，這雙手能感覺到溫度。

「嗯，大家快快樂樂地聚在一起，真令人懷念。」玥華看著玩耍追逐著的孩子們，聽著他們愉快的笑聲。

「**但是……不會是這樣的。**」史提芬想要掙扎，這美好的夢境雖然醉人，但

他感覺到不協調。

　　史提芬深信有一天安古蘭一定會再出現在他們面前，他也希望這愉快的聚會能真實出現。

　　「對，不會是這樣，因為我是犯了錯的罪人，無論是基於什麼原因，我也得接受懲罰，而不是和和樂樂地坐在這裡。」史提芬的眼前出現了多一個安古蘭。

　　假的安古蘭和安潔莉娜被魔法變為灰燼，因為真正的安古蘭入侵了他們的夢境。

單靠個人意志力難以破解浮士德家族的魔法音樂，但要是有**外力協助**，就能在夢中打開缺口。

「醒來吧，朋友們。」安古蘭把這片虛假的夢統統燒毀掉，只留下一扇光門。

「安古蘭……」史提芬感覺到眼前的男人，才是他**相交多年**的摯友。

「謝謝你們，來拯救我的妻子和我的君主。」安古蘭把他們送到光門，那裡是離開夢境唯一的出口。

穿過光門的三人脫離了夢境，長笛和單簧管的聲音也停止下來了，因為演奏樂器的浮士德長男和次男已被擊昏。

剛剛那人……是真正的安古蘭！

法蘭激動地說。

「他來了黑翼古堡，更把以夢境困住我們的兩人擊敗了。」玥華看著浮士德兄弟，他們的樂器都被折斷了。

「安古蘭果然不是壞人，我們錯怪他了。」史提芬笑著說。

「我們要快點救出他的妻子和老吸血鬼王，不然就浪費了他的一片苦心，但囚禁地點到底在哪裡呢？」法蘭收拾心情，準備繼續進行任務。在他們苦惱不已之際，突然一條小小的火焰飛龍飛到了他們面前。

「我認得它是丹妮絲的魔導靈，這小傢伙看來知道我們的目的地在哪裡呢。」玥華跟著小飛龍的指示前進。

「原來她刻意被捉拿，目的是向我們通風報信。」史提芬接著說。

「快走吧，我們的時間無多了。」法蘭說。

全靠安古蘭的幫助，三名老師才能走出夢境，而丹妮絲的魔導靈將會帶領他們去到地下

城底部的囚室。

在北翼城堡內，安德魯和艾爾文走到了城堡底層，尋找通往地下城的入口。

「剛才那個阿諾特……比我們加起來更強悍得多，為什麼他會放我們離開，更告訴我們囚禁地點？」接受了魔法治療後的艾爾文問。

「大概是因為約娜吧。」安德魯沒想到阿諾特的成長會這麼快，黑魔法的力量是如此強大。

「他一直和妹妹疏遠，不教授魔法給她，是因為他不想妹妹也走上和他一樣的道路。約娜很有天份，要是被發現的話，一定會受嚴格訓練，成為復興吸血鬼一族的工具。」安德魯了解阿諾特，雖然阿諾特處處針對他，但其實他並不討厭這自負的王子。

「雖然是黑魔法派的壞分子，但他也是個疼錫妹妹的哥哥呢。」同樣身為兄長的艾爾文能夠理解。

「但對妹妹過分保護並不是一件好事情。」艾爾文的妹妹是他在戰場上的好拍檔。

「我和爸爸也沒有強迫艾翠絲當獵人，在爸爸過世後我更想讓她過正常人的生活，平凡地上學，平凡地成長，遠離戰爭。但這丫頭卻不願意，除了要為爸爸報仇雪恨之外，她

更希望成為優秀的獵人，阻止悲劇發生在別人身上。」談到妹妹，艾爾文不禁露出真摯的笑容。

「她的確很適合當獵人，而且槍法神準。」安德魯想起在人界被他們追捕的情景。

「尚算合格吧，但她很囉嗦，日常生活中的大小事務也管得很嚴。」艾爾文苦笑著說。

「她們會安然無恙的……」安德魯雖然擔心，但還懂得自我安慰。

而在他們苦惱地尋找入口之際，另一條小火焰飛龍也前來為他們引路了。

北翼城堡頂層內，阿諾特正在接受治療，他肩上的劍傷是由銀器造成，對吸血鬼來說是難以**自我復原**的傷勢。

　　「你竟然會敗給兩個小鬼？你的黑魔法是學來當擺設的嗎？」依娃不敢相信今時今日的阿諾特會輕易落敗。

　　「那獵人有很多法寶，我一不留神便被刺傷了。」阿諾特冷冷地說。

　　「**不留神？**這可不是坐上吸血鬼王位的人該有的藉口。」依娃心存疑惑，但阿諾特身上的劍傷卻不是偽裝。

　　雖然阿諾特沒有表現出痛苦，但銀劍造成的傷口有如被火燒一樣灼熱地痛。

　　「反正這裡還有浮士德家族和你這不死族妖魔在，區區幾隻小老鼠不用掛心吧。」阿諾特刻意承受安德魯那一劍，是為了**掩飾**他放走兩人的真相。

「話說回來，浮士德家族呢？還未回來向我報告嗎？」依娃已擺出黑翼古堡主人的姿態。

　　但她並不知道，浮士德家族的魔法音樂，已被逐一破解。

第八章
夢醒時份（下）

　　迦南的夢境內，她和安德魯結束了夜間的飛行約會後回到家中，但本應已熟睡的兩個孩子卻被**挾持**著。

　　「約娜？」迦南驚訝地說。

　　「想不到讓你不願醒來的夢境會是這模樣……」約娜透過魔力入侵到迦南的夢境內。

　　「為什麼你會在這裡？而且個子一點也沒有長高。」迦南問。

　　「清醒一點吧！這是敵人的陷阱呀！這個安德魯是假的，這兩個孩子也是假的，這個溫暖的家也是假的！」約娜激動地抓著兩個孩子的後頸說。

　　「別傷害我們的孩子！」安德魯的說話，讓迦南心疼起來。

「約娜……我不知道你在說什麼，先放開孩子們好嗎？」迦南說。

「浮士德三姐妹的魔法音樂，讓你跌入你**夢寐以求**的夢境之中，如果再不醒來不只你會有生命危險，還有誰去救安德魯的媽媽？」約娜沒有安古蘭般強大的魔力，她只能靠言語去提醒迦南。

「迦南，別聽她說的話，我們一家四口不知生活得多快樂，你不用理會她的。」**虛假**的安德魯握著迦南的肩膀說。

想想你是為什麼來黑翼古堡的！如果你出事了，安德魯會痛恨自己一輩子的！

約娜的這一番說話有如**當頭棒喝**。

「你說得對……這夢境真的很美好。」迦南合上了雙眼。

「對呀，你留在這裡，我們便能繼續幸福地生活下去。」迦南身上的金黃魔力，令這虛假的安德魯向後退。

「但我不能留在這裡，真正的安德魯在等我，還有你的媽媽，我一定會救她脫離險境的。」迦南的手上多出了魔法杖。

「長大後的你真的很帥氣，但這模樣就留待在未來，在**現實世界**裡給我看吧。」然後迦南以魔法驅散虛假的家庭，夢境之內只餘下約娜和一扇光門。

「幸好你不是傻頭傻腦的笨蛋⋯⋯不然你這**一輩子**也得活在夢境中。」約娜鬆一口氣。

「謝謝你⋯⋯約娜，我們回去吧！」迦南牽起約娜的手，兩人步向光門回到現實世界中。

迦南成功從夢境脫出，還沉醉在美夢的艾翠絲卻愈來愈深陷其中。

「哥哥！小心！」艾翠絲以手槍支援。

「**不法妖魔！受死吧！**」艾爾文再乘勝追擊，把肥豬妖魔擊敗。

「成功了。」艾爾文放下戒心，但頑強的肥豬妖魔突然又再站起。

「**糟糕了！**」艾翠絲立即瞄準敵人，但肥豬的魔爪快要擊中艾爾文。

幸好從遠處射出的子彈直擊肥豬眉心，及時擊斃敵人。

「你們兩個雖然進步了很多，但還是警覺性不足呢。」兩人的父親艾力克拿著狙擊槍回到他們身邊。

「**爸爸！**」艾翠絲欣喜地笑，能與父親和哥哥一起狩獵妖魔就是她最想過的日子。

「完成任務後特別肚餓呢，艾翠絲，今天的晚餐是什麼？」艾爾文伸著懶腰說。

「不如拿賞金去吃頓豐富的大餐吧？」艾力克說。

「不可！我們的經濟狀況沒有富裕得可以吃大餐，賞金也要存起來作生活費用。」擔當獵人雖然不富裕，但艾翠絲快樂，能和父親一起她更**別無所求**。

「你的夢境雖然平凡，但卻更令人沉醉。」約娜潛入了艾翠絲的夢境，看著她從改變過去到活在不能實現的**美好日子**。

「你是……迦南和安德魯的朋友，約娜？」
艾翠絲問。

「既然你認得我，你應該還記得我們身在
何處吧？」約娜說。

「我……不知道！我什麼也不知道！」艾翠絲不想承認這是夢境。

「雖然很可惜，但你的父親已經離世了，這裡只是你**虛構**出來的夢境。」約娜說的艾翠絲都知道，父親已死亡的事實又怎能逆轉。

「如果我不醒來，就能繼續和爸爸在一起。」艾翠絲邊退後邊說。

「那你的哥哥呢？在現實世界中他生死未卜，你要棄他不顧嗎？」約娜游說著說。

「哥哥……」在現實世界裡她的父親雖然不在，但卻有和她相依為命，甘苦與共的哥哥。

「回去吧，你爸爸**在天之靈**也不會希望你迷失在過去之中。」約娜伸出了手。

「爸爸……在現實裡我和哥哥生活得很好，我們成為了出色的獵人。」艾翠絲向父親道別。

「艾翠絲，你能留在這裡呀，我們三個可

以繼續打倒更多妖魔。」虛假的艾力克留不住每日奮力向前的艾翠絲。

「爸爸，我要回去哥哥的身邊了，沒有我在，他會活不成的。」艾翠絲微笑著握緊約娜的手，虛假的夢境消散，只餘一扇光門。

「你很成熟呢，我還以為人類女生全都是愛哭的傢伙。」約娜和艾翠絲穿過光門。

「如果我不醒來，我的笨哥哥會哭的。」
令艾翠絲醒覺的，是她的哥哥艾爾文。

「你們兩兄妹的感情真好。」約娜羨慕地
說，然後她們也一起回到**現實世界**。

「竟然能戰勝魔法音樂從夢境醒來……」
浮士德三姐妹的招數已被破解。

「謝謝你們讓我做了一個好夢呢，但我們
還有要事在身，不想吃銀彈的就速速閃開！」
艾翠絲認真地說。

「撤退吧。」浮士德三姐妹變成蝙蝠飛走，
魔法音樂無效的話她們已沒辦法對付迦南等
人。

「全靠約娜出現在夢中，不然我也不知道
還會沉迷在夢境多久。」迦南感激著說。

「事先聲明，安德魯是和我**青梅竹馬**，
我最重要的大哥哥，你們的婚事我絕對反對！」

約娜瞪著迦南怒氣沖沖地說。

「婚事？迦南的夢境是怎樣的？」八卦的
艾翠絲問。

我們不是有要事在身嗎？快起行吧！但我
們到底要去哪裡？囚禁地點又在哪裡呢？

臉頰通紅的迦南立即轉移話題，邊走邊四
處張望。

「是師傅的**魔導靈**！」第三條火焰小飛龍找到了艾翠絲。

　　「看來牠已經找到父王的位置了，跟著牠吧！」約娜終於找到希望。

　　三人向地下城底層進發，而同一時間安德魯和艾爾文，還有魔幻學園的老師小隊也跟隨丹妮絲的魔導靈到達了地下城。

北翼城堡內，依娃收到浮士德三姐妹的消息後**怒髮衝冠**，因為入侵者已突破防線，向地下城進發。

「逃跑回來？你們這些吸血鬼真的一點用處也沒有！」依娃沒想到黑翼古堡的防衛這麼薄弱。先是阿諾特受傷撤退，再來是浮士德三姐妹落荒而逃，還有浮士德兄弟**下落不明**，依娃覺得吸血鬼不再可靠。

「既然如此……就由我來親自出馬！把入侵者統統送到刑場！」依娃再次召喚出她的白骨飛龍。

三路人馬分別跟隨小火焰飛龍向地下城底層　**高速突進**。

吸血鬼守衛再也難以抵擋入侵者的強烈進攻，而被囚禁的丹妮絲也在靜待援軍到場。

「安德魯⋯⋯他正在趕來嗎？」
安古蘭的妻子安潔莉娜眼角泛淚，自從她封閉起自己後，已有多年沒見過兒子。

「嗯，你聽外面多吵，應該快來到了。」
丹妮絲一點也不擔心，因為事情發展和她的預期一樣。

現在只要待援軍攻破囚室大門，帶在場人士乘坐她已準備好的大船離開就任務完成了。

但是在魔幻世界的事很少會有獵人干涉，到底是誰委託你參與這次的任務呢？

老吸血鬼王問。

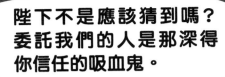

陛下不是應該猜到嗎？委託我們的人是那深得你信任的吸血鬼。

丹妮絲意味深長微笑
著說。

吸血……鬼？

安潔莉娜疑惑地問。

「嗯，那人沒
有背叛大家，他一直
忍辱負重，為了
正義。」丹妮絲的委託人沒有背棄種族。

火焰魔法衝破了囚室大門，率先來到囚禁
地點的是安德魯和艾爾文。

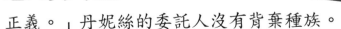

安德魯立即撲向母親：

「媽媽！」

「安德魯……我的兒子……為什麼你會在這麼危險的地方呀？」安潔莉娜喜極而泣，想放棄生命的她，重拾到親人的溫暖。

「我們要盡快離開這裡，去魔幻學園吧，校長一定會保護大家的，跟我走好嗎？」安德魯看著母親**憔悴**的臉，心裡有說不出的痛。

「師傅！有受傷嗎？」艾爾文解開丹妮絲手上的鎖鏈。

「一切還在計劃之內，艾翠絲呢？她應該和另外兩個女生在一起的。」丹妮絲說。

「師傅！」丹妮絲語畢，便聽到艾翠絲的呼叫，她和迦南和約娜也趕到地下城底層了。

「父王！抱歉我來遲了。」約娜緊抱老吸血鬼王，全靠她**挺身而出**才解救了兩個被困夢境的同伴。

安德魯。

　　迦南也終於和安德魯重逢，她們勇敢地前進，沒有因為短暫的分開而退縮。

　　「抱歉，我不在你身邊的時候，一定害你受苦了。」安德魯也放下了心頭大石。

　　「有驚無險，約娜她幫了我很多。」迦南看著安德魯的樣子，回想起夢中長大成人的安德魯，臉又刷紅了。

　　「大家比我們更早來到呢，現在只要逃出黑翼古堡就行了。」史提芬、玥華和法蘭也跟著小飛龍來到囚禁地點。

　　「你們兩個不聽話的學生，逃出這裡後我再教訓你們。」法蘭對迦南和安德魯說。

　　「安潔莉娜，無事了，我們一定能順利離開的。」玥華扶起身體虛弱的安潔莉娜。

「船在西翼城堡後的岸邊，我們快起行吧。」丹妮絲說。

被囚人士已全部**被解放**，他們跟隨入侵者們一起前往西翼城堡，那裡停泊著丹妮絲早已準備好的大船。

眾人從樓梯走上了西翼城堡，只要再穿過面前的長廊就能到達停泊大船的岸邊，但要走過長廊，他們還要先過身後的依娃這一關。

「原來**老鼠**的數目比我所想的更多，但想救人離開還得問過我的飛龍！」依娃站在龍頭之上，白骨飛龍冒起綠色的火焰。

「這裡交給我，艾爾文和艾翠絲帶大家盡快上船。」丹妮絲再次召喚出三條成人般大的火焰飛龍，較早前她沒有使出全力所以才被依娃輕易擊敗。

「**不自量力的獵人！**」白骨飛龍吐出猛烈的翠炎，翠綠的火焰是不死族獨有的妖火。

「魔導靈融合！」三條火龍**合而為一**，丹妮絲真正的魔導靈是一條三頭飛龍。

「大家，跟我向這邊走！」艾爾文相信師傅的實力，趁機帶領大家跑向岸邊。

三頭飛龍硬擋白骨飛龍，兩個馭龍法師再次正面交鋒。

「我們的船……被破壞了！」來到岸邊後，艾翠絲發現她們的大船被摧毀得支離破碎。

逃生用的大船**破破爛爛**，在黑翼古堡的其他吸血鬼守衛已聚集在岸邊。

「怎麼辦？沒有其他方法離開嗎？」安德
魯問。

應該快來到了⋯⋯以防萬一，我還請求了另一個人的協助。

法蘭早前寄到海洋之都的魔法信一共有三封。

一封是給安德魯的，第二封是給迦南的，而第三封是給人魚皇后的。

「迦南、安德魯！」海面之上，一艘海盜船正高速駛近，船頭上**八爪魚奧莫**正向他們揮手。

「**是奧莫！**」迦南欣喜地說。

法蘭寄去海洋之都的信提及了這次任務，他請求人魚皇后派出一艘船隻供他們逃生，而人魚皇后沒有令他失望，更派出奧莫和基德的海盜團隨船出征。

「海盜們！全力掩護他們上船！開火！」基德**一聲令下**，海盜船上的炮台同時射擊，但這一次射出的不再是顏料彩彈，而是用來擊退敵人的真槍實彈。

「還有海盜團的各位。」炮火攔阻吸血鬼守衛，安德魯再遇基德**既感動又驚喜**。

「各位，這船上的都是我們的朋友，請放心上船吧。」史提芬帶領眾人前行。

船上不只海盜團的團員和奧莫，連人魚公主愛莉、人狼卡爾和九尾狐四葉等本來在海洋之都度假的學生們也前來協助被囚禁者登船。

「安德魯你這**壞傢伙**，發生這麼大的事也不通知我們。」卡爾生氣著對安德魯說。

「就是因為危險，才不想連累你們。」安德魯苦笑著說。

「是朋友就應該有福同享，**有難同當**呀，卡爾擔心得消夜也吃不下了。」四葉說。

「全部人也登上船了嗎？」愛莉問。

「還欠我們的師傅……」艾爾文看著北翼城堡，祈求她能盡快逃出生天。

三頭火龍和白骨飛龍**互不相讓**，丹妮絲還未有機會走向岸邊。

「你的魔導靈確實令我大開眼界，但人類的魔力是很有限的，再拖延下去你便無法再維持體型這麼大的飛龍。」依娃感覺勝券在握。

「我的確沒打算拖延下去呢，既然大家已登上船了，我也不用再和你交手了。」三頭火龍纏著白骨飛龍，丹妮絲準備**再下一城**。

「特大冰霜魔法！」寒冰徹底封鎖著火焰和白骨兩條飛龍，丹妮絲趁機向岸邊逃去。

「以為這樣就能阻擋得了我嗎……」依娃爆發出更強大的魔力，單以魔力比併，她更勝丹妮絲。「師傅！」海盜船上的艾爾文終於看見師傅的身影。

「快開船吧，我困不了她多久，若被她追上的話便**不堪設想**。」丹妮絲飛躍到船上說。

「**亡者們啊**，撐起你的手腳，抬起你的頭顱，在永恆的時間狂奔，在無盡的黑暗揮劍吧！」

依娃畫出大型魔法陣並唸出禁忌的咒語，她決定召集埋在黑翼古堡的屍骸白骨，與白骨飛龍結合。變得更巨大的白骨飛龍不懼寒冰，牠的體型更衝破北翼城堡，追向岸邊迫近海盜船。

「開船！把所有炮彈射向這怪物！」基德一聲令下，船員立即集中炮火擊向白骨飛龍。

船隻已駛離岸邊，但還在白骨飛龍的攻擊範圍之內，翠炎凝聚飛龍口中，依娃想以全力一擊把海盜船摧毀。

「來不及閃避了……」安德魯擔憂著說。

「這片海洋就是你們的**葬身之地**！燃燒吧，深淵業火！」

依娃作出攻擊，翠炎大火球直迫海盜船。

「特大黑洞魔法。」船上的人都反應不及，但幸好有人及時為他們提供防禦。

火球被黑洞徹底吞噬，施術者展開一雙翅膀釋放著強大的魔力。

「機會來了，全速前進！」基德趁機加速逃走。而這突如其來的救兵，慢慢地轉身望向安德魯。

　　「**是爸爸！**」安德魯的視線沒有離開，他看到保護他們撤離的人，是安古蘭。

　　安古蘭看著遠方的安德魯露出微笑，不消片刻海盜船已高速駛到遠方。

　　海盜船離開黑翼古堡後全速駛向魔幻學園，這裡將會暫時收容老吸血鬼王和一眾被迫害的吸血鬼。

「老朋友，很高興看到你**安然無恙**。」校長巴哈姆特說。

「全靠你派出小隊拯救我們，不然老夫恐怕已經**身首異處**。」老吸血鬼王感激著說。

「我看見了爸爸，最後是他以魔法保護我們離開的。」安德魯事隔多年終於看到父親一面。

「我們被困在夢境時也是安古蘭幫了我們一把，他一直也沒有背棄我們。」史提芬也堅定地說。

「安古蘭……我的**丈夫**他……到底發生什麼事了？」安潔莉娜久未聽到丈夫的消息，安古蘭的出現令她情緒激動。

「陛下，是時候告訴大家真相了吧。」丹妮絲拼命完成了任務，但委託她的既不是公會又不是魔幻學園。

「師傅，難道委託我們的人是……」艾爾文也不知道委託人的真正身份。

「嗯，是**安古蘭**。」丹妮絲說出委託人的名字，在場人士除了老吸血鬼王外也大感意外。

「十多年前……我看見黑魔法派迅速壯大，他們行蹤隱秘，我們無法掌握他們的行動……於是我安排了一個臥底**假意投誠**，換取黑魔法派的消息，這個人就是安古蘭。」老吸血鬼王帶著歉意說。

「爸爸是……**臥底**？」安德魯說。

「但是十年前學園襲擊事件中，無論是我還是其他師生也被他嚴重傷害，一點也不像是偽裝。」法蘭憶起當日火海一片的情景說。

「要換取海德拉的信任，安古蘭沒有其他選擇，就算要**被世人唾罵**，他也只能照海德拉的意思去辦⋯⋯他的犧牲，令我們得到不少珍貴的情報。」老吸血鬼王說。

「*你竟然⋯⋯要我的丈夫幹這麼危險的事！*」安潔莉娜揪著老吸血鬼王的衣領說。

「對不起⋯⋯一切也是為了魔幻世界的和平，安古蘭也是有同樣的想法，才不惜以身犯險。」除了道歉之外，老吸血鬼王也無話可說。

「那爸爸現在的情況不是很危險嗎？他是

臥底的身份，一定已被拆穿了！」安古蘭在眾目睽睽之下協助海盜船逃走，安德魯擔心地問。

「現在回去黑翼古堡也為時已晚，加上安古蘭身手了得，相信他能**成功脫身**……我們靜待他的消息吧。」丹妮絲受了安古蘭的委託，他們之間有秘密的通信方法。

「安德魯，太好了，現在終於能證明你爸爸是**清白**的。」迦南一直相信安古蘭，因為十年前是他封印起迦南的魔力，讓她免受黑魔法派襲擊。

「大家也辛苦了，安古蘭的事我們再從長計議吧，現在大家先好好休息，重整旗鼓吧。」校長說。

黑翼古堡的拯救任務**圓滿結束**，能知道安古蘭是臥底的真相更讓大家喜出望外，而安德魯也終於與母親重逢，校長安排安潔莉娜住在安德魯的宿舍內，讓他們有更多相處的時光。

數日後，魔幻世界傳來不少有關黑翼古堡的報道，黑魔法派正式掌控了吸血鬼的領土，更對外界威脅不服從的種族將會被**大清洗**。

　　「媽媽，你習慣這裡的生活嗎？飯菜合口味嗎？」但安德魯暫時無暇理外界的事，他只想照顧好母親和他帶回來的另一名吸血鬼。

　　「嗯，很抱歉我一直**封閉自己**，忽略了你。」安潔莉娜解開心結後，身體也逐漸康復起來。

　　「安德魯，伯母，你們快來看看。」迦南打開大門，她的身後正有個個子嬌小的女生躲藏著。「登登登～很合適吧！」迦南橫向一跳，穿著學園校服的約娜害羞地顯露人前。

　　「約娜也成為魔幻學園的學生了呢，要和大家好好相處呀。」安德魯微笑著說。

　　「約娜，我帶你去認識我的朋友吧！」迦南把約娜當成妹妹般看待。

「不要，有安德魯陪著我就可以了。」認生的約娜躲到安德魯身後**敵視**著迦南。

「你不用害怕迦南的。」安德魯說。

這人很古怪的，我在黑翼古堡時看過她的夢境，你知道嗎？她竟然幻想著⋯⋯

約娜想告訴安德魯那一家四口的美夢。

「不！不能說的！約娜，求求你！」

臉紅耳赤的迦南追向約娜。

「別過來！我要把你的夢境公告天下！」約娜變成蝙蝠飛走。

魔幻學園又有了**新的氣象**，距離新學期開始還有一段時間，所以人魚公主愛莉決定在開學前去人界一趟，見識一下她未看過的天地。

「那……為什麼要我來擔當**保鏢**呢？」艾爾文無奈地問。

「畢竟愛莉是人魚公主，海洋之都未來的領導人嘛，一個人逗留在人界可能會有危險的，你就好好保護公主吧！」丹妮絲接受了愛莉的委託，並把任務交給艾爾文。

「多多指教呀，獵人先生！」愛莉對人界有興趣，也對獵人的世界有興趣。

由於爸爸曾是一位**公會獵人**，加上人類和人魚的故事往往可歌可泣，因此愛莉也幻想著，會在人間留下美好的回憶呢。

我的吸血鬼同學

人魚公主初到人界，與獵人保鏢展開驚心動魄的約會。

妖魔收藏家品性惡劣，人魚公主險落入他的囚牢之中。

──故事大綱──

盛產偶像明星的星之國，事隔二十年再度舉辦大型偶像選拔賽，全城矚目。飛才書院的學生為了挽救學校而參加選拔，卻為偶像的意義感到疑惑；其中五位女生具備真誠、情感豐富、不懼挑戰、追求完美和善於表達的特質，或許會為偶像界帶來翻天覆地的改變……

下一站巨星，即將誕生！

✦最強全新創作組合✦

作者**耿啟文**，榮獲教協主辦 2020 年度小學生最喜愛作家獎★

繪者**瑞雲**，香港著名漫畫／插畫家，畫風素以華美精緻見稱★

港台同步 經已出版

推理七公主

作者・卡特　繪畫・魂魂SOUL

〔vol.5 假會長蒙面人之合謀〕

合併兩校學生會的會議突然召開，真假七公主當面對質，究竟誰才是冒牌貨？
前後兩次遭受禁錮，背後搞事的蒙面人的身份昭然若揭，
明明應該同仇敵愾，學生會內卻有人和他私通？那，不是背叛其他成員嗎？

推理七公主的關係出現重大危機！這一次，涉及並非可以純粹地用理智去解的謎，
而是剪不斷理還亂的心理障礙和情感問題啊！

延續之前未完的故事，推理七公主會因此決裂嗎？

Vol.1-Vol.5 經已出版

創作繪畫·余遠鍠　　故事文字·何肇康

妙探鬼靈精
Spirit Detectives

余遠鍠繼繪畫《大偵探福爾摩斯》、《神探包青天》後，再次重投推理世界！
作者何肇康大學主修認知科學，對人類行為及人性素有研究，
飽覽推理懸疑著作，為讀者帶來新視野、新衝擊！

要不要跟我一起當學校的偵探？

讀者對象：適合高小至初中

密室謎團 × 校園日常

人氣美少女 + 高中女神探 + 古代聰明鬼 = 最鬼怪查案組合！

第一回《美術室的幽靈》經已出版！

創作繪畫◎余遠鍠　　故事文字◎何肇康

神探

包青天

Detective Bao

6

開封大火災

開封城珠寶商七慶樓，被惡名昭彰的飛雲盜盯上，屢次受到火災的洗禮……為保護義姊瑤瑤，張龍不惜以身犯險，誓要抓住潛伏的飛雲盜細作！

在潛火隊隊長黃起，以及七慶樓小玉的協助下，張龍抽絲剝繭，逐漸發現案件背後，眾人盤根錯節的關係。真相原來咫尺之遙，卻又如此難以置信，張龍面臨前所未有的掙扎。

然而，明察秋毫的包大人，其實早已看破一切，伺機而動……

經已出版

專門店
正式開業了！

地址：荃灣美環街 1 號時貿中心 604 室（鄰近荃灣政府合署）

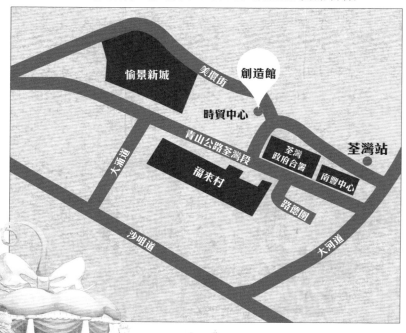

營業時間

逢星期五、星期六
下午 2:00-7:00

每星期兩天；其他時間若想前來
請先致電 3158 0918 預約。

售賣獨家精品　# 現場折扣優惠

定期作家活動

送特備非賣品

即時取貨免運費

除了售賣圖書和精品之外,以後也會不定時舉辦一些活動呢!詳盡優惠資訊及活動消息,請密切留意 Facebook 專頁!

f 童話夢工場 🔍　　◎ fairytale.picturebook 🔍

網購繼續營業
滿 $480 免運費
大家可以善用不同的平台購物:

(guideguideshop.hk)

我的吸血鬼同學

創作繪畫	余遠鍠
故事文字	陳四月
策劃	YUYI
編輯	小尾
封面設計	Zaku Choi
設計	siuhung
出版	創造館
	CREATION CABIN LTD.
	荃灣美環街 1-6 號時貿中心 6 樓 4 室
電話	3158 0918
發行	泛華發行代理有限公司
	香港新界將軍澳工業邨駿昌街七號二樓
印刷	高科技印刷集團有限公司
出版日期	第一版　2020 年 5 月
	第二版　2021 年 5 月
ISBN	978-988-74562-1-6
定價	$68
聯絡人	creationcabinhk@gmail.com